LES

CINQUANTE ÉPIGRAMMES

SUIVIES DE LA CHANSON

L'ÉTUDIANT

PAR

LOUIS CŒUR

PRIX : 40 CENTIMES

PARIS

EN VENTE CHEZ TOUS LES LIBRAIRES

1880

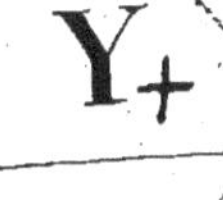

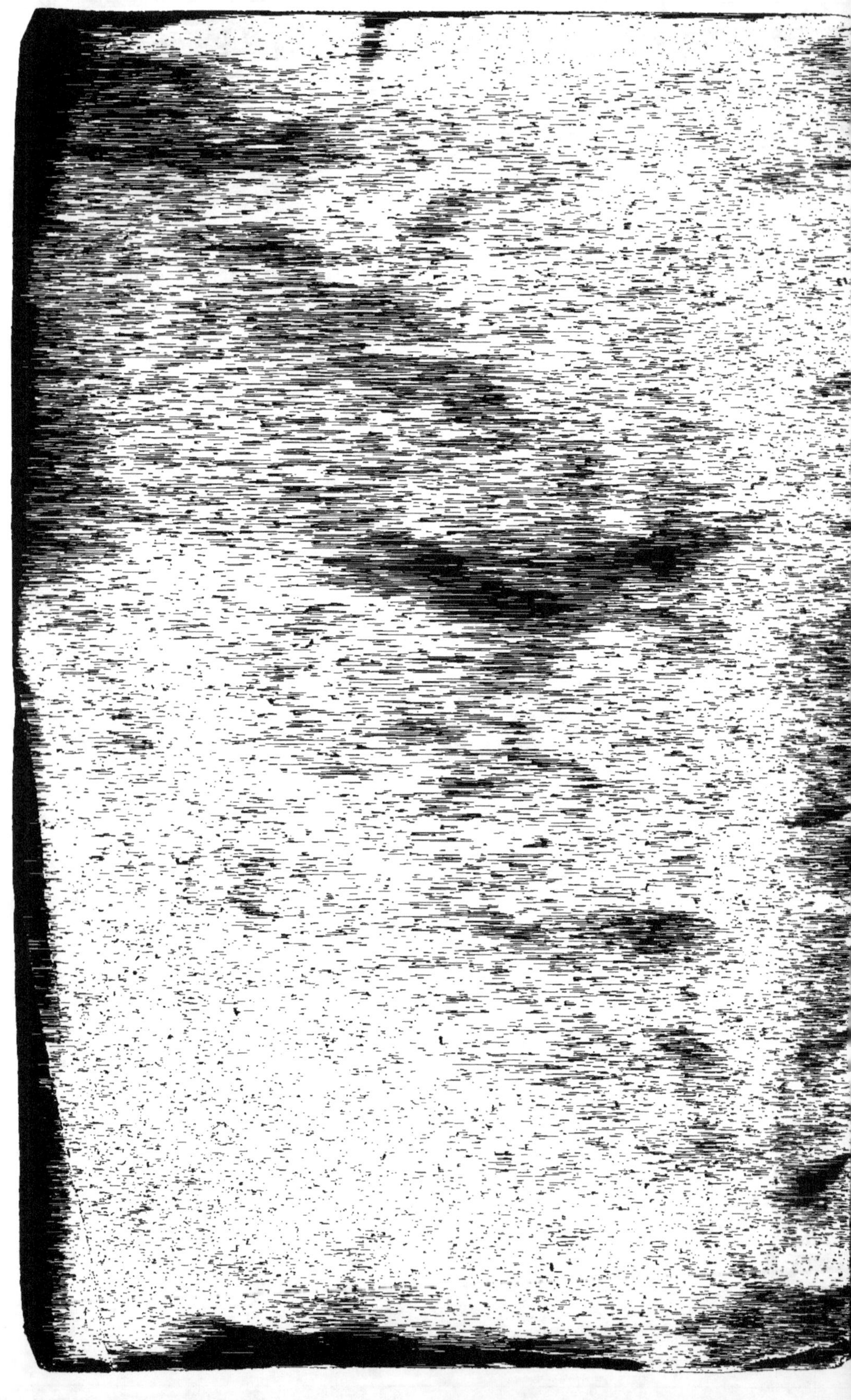

LES
CINQUANTE ÉPIGRAMMES

SUIVIES DE LA CHANSON

L'ÉTUDIANT

PAR

LOUIS CŒUR

PRIX : **40** CENTIMES

PARIS

EN VENTE CHEZ TOUS LES LIBRAIRES

1880

DÉDICACE A S... B...

Par ses longs aboîments, Cerbère
Tient votre génie en éveil;
Et les nuages ont beau faire,
Ils n'éteindront pas le soleil.

CINQUANTE ÉPIGRAMMES

LIVRE PREMIER

ÉPIGRAMMES POLITIQUES[1]

I. — GAMBETTA

De la patrie agonisante
    Il n'a point désespéré ;
    Où l'on chantait *Miserere*,
    C'est la *Marseillaise* qu'il chante !
Et la France, aussitôt, s'arrachant à son lit,
Cherche un glaive, le trouve, et dans l'air le brandit.

II. — BUFFET

Hélas ! en son large cerveau
    Il n'abrite qu'un godiveau,
Et même un godiveau de volume fort grêle !
Des boulettes, beaucoup ! mais très peu de cervelle ;
Puis, signe du progrès que l'on rêve en haut lieu,
    Une écrevisse au beau milieu !

III. — EDGARD DUVAL

Définissez Edgard Duval ? — C'est fort aisé :
Un pistolet qui part avant d'avoir visé !

1. Les épigrammes non politiques commencent page 8.

IV. — LES HUNS

A Berlin, le pays du Hun,
Ils savent compter jusqu'à quatre
Et, quand ils sont quatre contre un,
Ils se disent prêts à combattre ;
Mais de lutter un contre deux,
C'est suivant eux trop hasardeux,
Ne se pratique plus qu'en Fronce
Et pourrait s'appeler démence !...
Eh bien ! Français ! Qu'en pensez-vous ?
N'êtes-vous pas fiers d'être fous ?

V. — BISMARCK ET OLIVIER

Bismarck, le vieux trappeur, environnait nos pas
D'embûches assez peu discrètes ;
Mons Olivier ne les aperçut pas !
Mais alors à quoi sert de porter des lunettes ?

VI. — LES ENFANTS D'ARLEQUIN

Billaut, D... et Dupin,
Eurent pour père Arlequin ;
Quant à leur mère, je pense
Que ce fut dame Impudence :
Ils ont fait plus de serments
Que Bel... n'eut d'amants.

VII. — BAZAINE

Notre histoire de France et l'histoire de Rome
N'ont pas connu le nom d'un si criminel homme,
Mais, dans la Fable, on peut le lire tout au long :
Ce nom déshonorant, hideux, c'est Ganelon.
Bazaine, rougis-en ! pour montrer ton semblable,
L'Histoire n'y put rien ! il y fallut la Fable !

VIII. — PARADOL ET BEULÉ

Rarement jusqu'au bout les fautes sont suivies ;
Les deux pieds dans l'abîme, on s'accroche à ses bords,
Cavaignac et Marrast, voilà d'honnêtes vies !
Paradol et Beulé, voici d'honnêtes morts !...

IX. — PAUL DE CASSAGNAC

— Définissez l'esprit de Paul de Cassagnac ?
— Ni bordeaux, ni champagne ; un verre de cognac

X. — LA MORT DU JOURNALISTE VENDU

Traître envers les Bourbons, à l'empereur vendu,
Quand Sedan eut tué le nouveau Briarée,
X. s'écria, pleurant son traitement perdu :
— Quoi ! n'être plus payé ! n'avoir plus de livrée !
Elle m'allait si bien ! — Et, la tête égarée,
Vingt fois il fouetta l'air de ses cris déchirants :
« Mes douze mille francs ! Mes douze mille francs !
Soudain un jet de pus sort de sa bouche infâme,
Et le gredin mourait !.. Ce pus, c'était son âme !

XI. — LE GÉNÉRAL DUCROT

Ni mort, ni victorieux.

Amis ! si des funèbres bords
Il se trouve encore en dehors,
Sachez que ce n'est point sa faute ;
C'est la faute du Roi des Morts,
Qui, pour faire honneur à son hôte,
Du Styx sur les marais bouillants
Voulut jeter des ponts volants.
A ce beau travail on s'acharne !
Mais, comme il arrive toujours,
(Demandez plutôt à la Marne !)
Les ponts se sont trouvés trop courts.

XII. — L'ÉPITAPHE VÉRIDIQUE

Ci-gît qui prêta cinq serments,
Et trahit cinq gouvernements,
XX., avocat et poète ;
Certes, c'est la première fois
Que, lui faisant quitter les toits
On enterre une girouette.

XIII. — D... LE NASILLARD

Chez Berryer, à l'œil plein de flamme,
Aux traits d'en haut illuminés,
La parole venait de l'âme,
Chez Du..., elle vient du nez.

XIV. — LE DIALOGUE SOLENNEL

Parfois l'Alsace et la Lorraine
Sortent vers les minuit de leurs tombeaux béants,
  Puis s'entretiennent de leur haine ;
  Et la sentinelle prussienne,
  Voyant flotter leurs linceuls blancs
  Qu'un peu de sang tache par place,
  S'irrite, interpelle, menace
  Et tire plusieurs coups de feu
  Sur ces deux fantômes sinistres
  Qui semblent être les ministres
    De la colère de Dieu.
  Ces grandes ombres, insensibles
  Aux balles qu'il voit les trouant,
  Lui jettent des regards terribles,
  Et dans sa guérite, en rêvant,
  Le fils des Huns rentre à pas lent !

XV. — L'ÉPITAPHE DE ROUHER

  — Amis ! quelle épitaphe inscrire
  Sur le tombeau qui recevra les os
De Rouher-Rodomont, le fléau de l'Empire ?
  — *Descendit ad inferos.*

XVI. — C...I

  En rampant, quel chemin peut faire
  La perfide et lâche vipère ?
  — Parbleu ! fut-il réparti,
  Le chemin qu'a fait C...i.

XVII. — UN PERFIDE ALLIÉ

De notre dernier roi cuisinier authentique,
  Si le comte Montalivet
  Se rallie à la République,
  C'est qu'il veut la mettre en civet.

XVIII. — BAUDRY-D'ASSON

Sa loquacité me consterne
Et réduit la Chambre aux abois ;
Coupez-lui la parole, elle renaît vingt fois !
Il a ressuscité pour nous l'hydre de Lerne.

XIX. — LE TRAIN FORCÉ DES CHOSES

« Le Peuple est tenu dans la nuit ;
« Que l'on allume une bougie ! »
Dit-on ; — et petit à petit
On réclame avec énergie,
Au lieu de bougie, un lampion ;
Bientôt après un réverbère,
Puis le gaz..... à profusion !
Enfin se lève un Prolétaire,
Qui, las de sa longue misère,
S'écrie : « Amusons-nous un peu :
Il faut s'éclairer au pétrole ! »
Et, l'effet suivant la parole,
Paris s'effondre dans le feu !...
On commence par la bougie,
Et l'on finit par l'incendie ?

XX. — CONTRE-PARTIE

Les Rois sont tout, le Peuple rien !
Alors la misère, la faim ;
Et, bien pis encore, la honte !...
Ici-bas tout est révoltant,
Tout appelle un prochain néant...
Le flot destructeur monte, monte !

LIVRE II

ÉPIGRAMMES NON POLITIQUES

XXI. — SUZON

Que Diogène avait raison,
S'écriait l'autre soir Suzon,
Et qu'à bon droit on le renomme !
A le confesser franchement,
J'en suis à mon vingtième amant :
Eh bien ! je cherche encore un homme !

XXII. — LE POÈTE BOSSU

— D'où vient au poète Laclos
Cette fierté de paon, — ou plutôt de coq d'Inde ?
— De ce qu'il porte sur son dos
Une réduction du Pinde.

XXIII. — ABÉLARD

— Quoi ! d'Abélard, avec ennui
Vous écoutez l'apothéose,
Madame ! Cependant, yeux charmants, teint de rose,
Éloquence grandiose,
Cet homme avait tout pour lui !
— Non ! il lui manquait quelque chose.

XXIV. — A UN ANCIEN PION

Devenu critique dramatique.

— Sur l'échiquier de la critique,
Te croire un roi ! Dérision !
Là, comme ailleurs, ventru cynique,
Tu ne seras jamais qu'un pion.

XXV. — LA VÉRITÉ DITE ENFIN SUR LAURE
ET SUR PÉTRARQUE

Laure avait les yeux de travers
Et puait si fort de la bouche,
Que sur les habitants des airs
A cent pas elle faisait mouche !

Quant à son fabricant de vers,
Il était boiteux, bègue et louche...
Mais l'amour a des goûts pervers,
Défaut du corps ne l'effarouche ;

Il est l'esclave du babil.
— A son vieil époux l'alguazil
Laure, dit-on, resta fidèle.

— Son honneur partit fil à fil !
— Le mari s'en aperçut-il ?
—Hé ! comment n'y pas voir quand on tient la chandelle ?

XXVI. — L'ACADÉMICIEN MARMIER

Sa tombe prouve qu'il vécut :
Eh, bien ! personne ne le sut !

XXVII. — OPINION D'UN MARI SUR LE BABIL
DES FEMMES

Pardonnons-leur, à ces pauvres femelles !
Si le caquet ne charmait leur ennui
Pendant le jour, morbleu ! que feraient elles ?
Dieu les créa seulement pour la nuit.

XXVIII. — RÉPONSE DES FEMMES

Ah ! nous sommes, dites vous,
Des oiseaux de nuit ! Soit ! Pourtant, comment comprendre
Que vos propos d'amour tournent à l'aigre-doux ?
Nous devrions aisément nous entendre,
Car, soucieux, grognons, le regard en dessous,
Assurément vous êtes des hiboux !

XXIX. — GRAND'MAMAN ÈVE !

Pour avoir pris du perroquet
La gourmandise et le caquet
Eve commit fautes sur fautes,
Et le pauvre Adam, bien souvent
Confia cette plainte au vent :
— Que n'ai-je, hélas ! toutes mes côtes.

XXX. — UNE CONVERTIE

— Au cinquième demeure Anna ;
On prétend quelle devient sage !
— Je crois volontiers qu'elle n'a
  Qu'un amant à chaque étage.

XXXI. — LA LEÇON INTERROMPUE

Certain maître de pension
Surprend aux genoux de sa femme
Un élève avec passion
Lui dépeignant sa vive flamme ;
Il marche vers le polisson,
En termes fort vifs le gourmande.
  — Je lui faisais, répéter sa leçon,
Dit la dame ! — Vraiment ! il est en caleçon !
— Que veux-tu, mon ami ! la chaleur est si grande !

XXXII. — V. HUGO, IMPROVISATEUR

Grands dieux ! quelle rude leçon
Vient de recevoir Apollon,
Le père des doctes pucelles !
De leurs pas blâmant la lenteur,
  Hugo l'improvisateur
A leurs pieds a fixé des ailes !

XXXIII. — VERS A ÉCRIRE
Au bas du portrait de l'avocat C.....

L'esprit de l'homme que voici
  En tonneau se vend à Bercy,
Plein de verve, de feu, quand la vendange est bonne,
C......, quand elle avorte, est plus sot que personne.

XXXIV. — LE CASSEUR DE CAILLOUX

— Vous êtes casseur de cailloux?
Combien me demanderiez-vous
Pour réduire à l'état de sable
De L..... un bon millier de vers?
Il me regarde de travers :
— Trop dur, mon bourgeois! Incassable!

XXXV. — LA FÊTE DES FLEURS

(A Toulouse)

De nos aimables Mainteneurs,
Désintéressement superbe !
De leurs prés ils donnent les fleurs
Et modestement broutent l'herbe.

XXXVI.   PLUS DE BÈGUES!

Ah! si Démosthène eût connu
Les vers de L..... .....,
Qu'il serait vite revenu
De cette manie imbécile
Un gargarisme de cailloux!
Le traitement était trop doux.
De L..,... ...... un unique hexamètre
Avalé courageusement,
Et le plus affreux bégaiement
Est obligé de disparaître.

XXXVII. — VILLEMESSANT

Lorsque Villemessant dans son journal écrit,
Chez tous ses abonnés, effroi! panique extrême!
Et des deux tiers la recette maigrit...
C'est un barbier qui se rase lui-même!

XXXVIII. — ZOLA

Chef de l'École stercoraire et républicain figariste.

Pour sa vanité puérile
Cessez donc de le décrier!
L'inonder d'encens est utile,
Car il puera moins le fumier.

XXXIX. — LE BARON GRIMM

Grimm voudrait rire et Grimm grimace ;
Ce n'est point Regnier, c'est Paillasse.

XL. — UN AUTRE BARON

— Que diable lui pend donc au cou ?
Est-ce la Toison d'Or ? — Ce doit être un licou !

XLI. — VITU

Quel livre écrivis-tu, Vitu ?
Fus-tu maçon ? Chanteur habile ?
Créas-tu le jardin Mabille ?
Improbable Vitu, vis-tu ?

XLII. — LE MÊME

— Congédié du *Figaro*,
Il en conçut peu de tristesse ;
Je trouve même qu'il engraisse !
Voyez comme il est rond ! — Parbleu ! c'est un zéro.

XLIII. — VEUILLOT QUÊTANT A SAINT-SULPICE

En voyant sa laideur vraiment épouvantable,
En contemplant ses yeux où luit un vif éclair,
Chacun se trouble et dit : Serait-ce pas le diable
Qui confisque la quête au profit de l'enfer ?

XLIV. — ÉDOUARD THIERRY

— Thierry transporte sa boutique
Dans un journal grave, authentique !
Dans le *Moniteur* solennel.
— Qu'y gagne-t-il ? — La chose est claire :
Ce n'était qu'un sot ordinaire,
Et c'est un sot officiel.

XLV. — DIOGÈNE ET ROCHEFORT

Depuis trente siècles, en vain,
Sa vieille lanterne à la main,
Diogène cherchait un homme ;
Ayant trouvé Rochefort en chemin :
— *Euréka !* cria-t-il, et puis il fit un somme.
De la lanterne alors Rochefort s'empara ;
C'était leste, je le confesse ;
Mais on doit l'excuser, car, par délicatesse,
Près des mains du dormeur il avait mis un Rat.

XLVI. — LE CŒUR SUR LA MAIN

Certain soldat bavarois,
A la face franche et sereine,
Au général Ducrot disait d'un ton narquois :
— Nous nous sommes vus en Lorraine ;
La bataille était chaude et j'y fis de mon mieux !
Un flot de combattants m'apporta sous vos yeux.
Me reconnaissez-vous, général ? — C'est à peine !
Un souvenir confus me montre... Oui-da ! je voi
Un fantassin des plus ingambes
Qui se sauve à toutes jambes.
— Eh ! bien, général, c'était moi !

XLVII. — LE ROMANCIER LACRETELLE

— Il est si long ! si long ! qu'il est interminable,
Et, certes, couché sur le sable,
Unirait Alger à Tunis !
— Ah ! vous parlez de Lacretelle ?
C'est à lui que Dieu dit jadis
Cette parole solennelle :
— Ah çà ! *non longius ibis !*

XLVIII. — MONSIEUR DALISE

Il faut l'avouer entre nous :
La conscience de Dalise
S'échappe par tant de trous,
Qu'on dirait qu'il la tamise.

XLIX. — LE MÊME

— Cet homme à conscience impure
Traîne une vie encore obscure,
Mais aspire aux plus grands succès :
Il percera, je vous l'assure ;
C'est le sort de tous les abcès.

L. — DERNIÈRES NOUVELLES DE L'ENFER

Du régime de l'Enfer
On dit que Pluton se lasse,
Que le sinistre Rouher
Va venir prendre sa place.

Madame Hubertine Auclerc,
Qui succède à Proserpine,
En a le regard de fer
Et l'absence de poitrine.

Cerbère, vieux et cassé,
N'étant plus qu'un doux caniche,
C'est le féroce Sarcey
Qu'on va loger dans sa niche.

Du moins, voilà ce qu'écrit,
Dans la feuille officielle
De l'Enfer, cet affreux bandit
Qui s'appelait La Beaumelle.

L'ÉTUDIANT

Quand, au matin, l'Étudiant
Met au vent sa mine égrillarde,
La nature aussitôt se farde
Et prend son air le plus riant ;
Fauvettes, pinsons, dans l'espace
Font retentir leurs chants joyeux,
L'alouette descend des cieux
Pour voir l'Étudiant qui passe.

En lui, comme ils admirent tous
Tes bouillonnements, ô jeunesse !
Tes yeux pleins d'une ardente ivresse,
Juste effroi des maris jaloux !
Son air de Capitan Fracasse,
En quête d'un duel ou de deux !
Et comme ils se disent entre eux :
« Vois donc l'Étudiant qui passe !

Regarde, il n'a point sous le bras,
Son Code gonflé de tristesse ;
Sans doute, il va voir sa m îtresse,
Ou court trouver un fin repas !
Il a nos ailes, notre grâce,
Notre inaltérable gaîté,
Notre amour pour la liberté :
Salut à notre ami qui passe !

TABLE

PARIS. — IMPRIMERIE F. LAFONT, 13, QUAI VOLTAIRE. — 1882

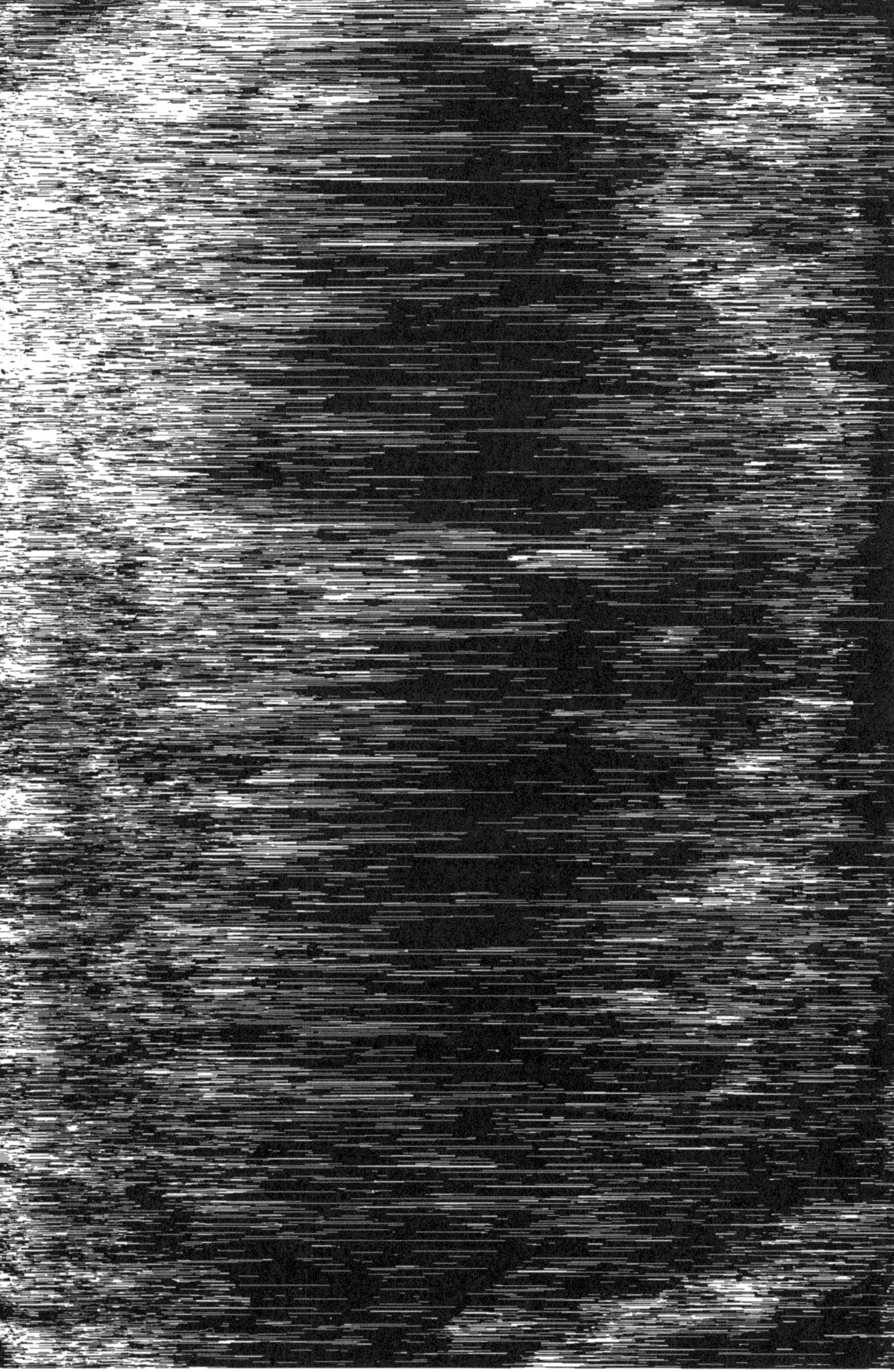

PARIS. — IMPRIMERIE P. MOUILLOT, 13, QUAI VOLTAIRE. — 1818²